문학과지성 시인선 297

나라고 할 만한 것이 없다

이창기 시집

문학과지성사에서 펴낸 이창기의 시집

꿈에도 별은 찬밥처럼(1989)

李生이 담 안을 엿보다(1997)

문학과지성 시인선 297
나라고 할 만한 것이 없다

─────────────────────────────

펴낸날 / 2005년 3월 25일

지은이 / 이창기
펴낸이 / 채호기
펴낸곳 / ㈜**문학과지성사**
등록번호 / 제10-918호(1993. 12. 16)

서울 마포구 서교동 395-2(121-840)
편집/ 338)7224~5 FAX 323)4180
영업/ 338)7222~3 FAX 338)7221
홈페이지/ www.moonji.com

ⓒ (주)문학과지성사, 2005. Printed in Seoul, Korea

ISBN 89-320-1587-2

─────────────────────────────

문학과지성 시인선 297

나라고 할 만한 것이 없다

이창기

2005

시인의 말

시골에서 10년 가까이 더 살아보았다.
여전히 나라고 할 만한 것은 없다.

2005년 3월
이창기

나라고 할 만한 것이 없다

차례

▨ 시인의 말

제1부 閑談

제1부
閑談

즐거운 소라게

잘 다듬은 푸성귀를 소쿠리 가득 안은
막 시골 아낙이 된 아내가
쌀을 안치러 쪽문을 열고 들어간 뒤
청설모 한 마리
새로 만든 장독대 옆
계수나무 심을 자리까지 내려와
고개만 갸웃거리다
부리나케 숲으로 되돌아간다

늦도록 장터 한 구석을 지키다
한 걸음 앞서 돌아가는 흑염소처럼
조금은 당당하게,
제집 드나드는 재미에
갑자기 즐거워진 소라게처럼
조금은 쑥스럽게,

얼마 전에 새로 번지가 생긴 땅에
한 채의 집을 지은 나는
세 식구의 가장(家長)으로서
나의 하늘과

별과
구름과
시에게 이르노니

너희 마음대로
떴다 지고
흐르다 멈추고
왔다 가거라!

자전거 바퀴에 바람을

한 사나흘 깊은 몸살을 앓다
며칠 참았던 담배를 사러
뒷마당에 쓰러져 있던 자전거를
겨우 일으켜 세운다

자전거 바퀴에 바람을 넣는데
웬 여인이 불쑥 나타나
양조 간장 한 병을 사오란다
깻잎 장아찌를 담가야 한다고

잘 있거라
처녀애들 젖가슴처럼
탱탱한 바퀴에 가뿐한 몸을 싣고
나는 재빠르게 모퉁이를 돌아선다

근데
이미 오래전에 한 사내를 소화시킨 듯한
저 여인은 누구인가
저 여인이 기억하는,
혹은 잊고 있는 나는 누구인가

구름 위의 산책

선읍 입구에서
나래 분교 운동장을 가로질러
막다른 와현3리 산자락 아래까지 뻗어나가
석양의 붉은 가랑이를 절반쯤 가리고 있는
넓고 평평한 회색 구름 한 장

저 구름 목줄 감아
소 몰듯 털레털레 끌어다가
집 뒤 야산 까치집 위에
턱 하니 걸쳐놓고

숨겨둔 두릅나무 순 따듯
아무도 몰래 사다리 놓고 올라가
가끔 낮잠이나 한숨씩 즐기다 내려올까
생각하며 이리저리 둘러보는데

잠시 멈칫하던 구름이
슬며시 제 몸을 열어
햇살 몇 줄기 땅 위에 내려놓고는
그 빛줄기 삿대 삼아

방금 전
누군가 자전거를 타고 부지런히 달려간 길을
귀 먹은 듯 묵묵히 흘러간다

논두렁에 삽자루 깔고 앉아
뜬구름 잡던 사내
새참 막걸리에 어둑어둑 취해설랑은
나래 분교 늙은 느티나무 지나
버스 끊긴 마을의 불빛 속으로 스미다

만일 생각하지 않는 것이 죽음이라면

시골로 이사 오던 해에 심어
농주 한 잔에 취한 새댁의
볼그대대해진 귓불처럼
여러 해 가을
뜰 앞을 물들이다
죽은
단풍나무 한 그루

그 밑동만 남은 빈자리가 싫어
베어내지 않고 그대로 두었더니
검버섯 피고
마른 잎 하나 남지 않은 나뭇가지에도
햇살이 머물고
아침 내내 그 그림자
바람을 견디더니
유난스런 박새 한 쌍이 놀다 간
오늘 오후엔
하얗게 눈도 쌓이네

서울서 자동차 두 대에 나누어 타고 온

퇴직 후 귀향한
이웃 송선생의 늙은 동창생들은
아는지 모르는지
점심나절 내내
젊어서 돌아간 부인의 무덤 앞에서 떠들썩한데

누군가 큰 소리로
혹은 나지막한 목소리로
그의 어릴 적 이름을 부른다 한들
누가 생각에 잠긴 죽은 나무를 깨울 수 있을 것인가
누가 죽은 나무의 생각을 방해할 수 있을 것인가

나의 아침 방귀에 당신의 신중한 하루가

이른 아침
개똥을 치운 뒤
뒷짐 지고 헛기침하며
텃밭을 둘러보러
산수유나무 옆을 돌아가다
얼굴을 휘감는 거미줄을 신경질적으로 걷어냈습니다

봄 가뭄에 애지중지 살려놓은 콩 싹은
이제 절반도 남지 않았습니다
우선 눈에 띄는 참나무 꼭대기의 까치집만
서운한 눈으로 잠깐 올려다보다
길을 잘못 든 호박 덩굴을
비탈 쪽으로 유인했습니다

그러다 허리를 굽혀
부지런히 몸 놀려 잎 뒤로 숨으려는
배추벌레 한 마리를
손끝으로 막 눌러 죽이려는 순간
느닷없이,
힘차게,

아침 방귀가 터져나왔습니다

슬그머니 허리를 펴는데
새벽 안개를 헤치며
서둘러 논둑길로 질러가는
시골 여학생 같은 보랏빛 나팔꽃이
잎 뒤에 얼굴을 가리고는 키득거립니다

시원했습니다만,
그러고 보니 나의 아침 방귀가
당신의 그 신중한 하루를
또다시 시끌벅적하게 만들었군요

옆길로 새기

부러진 쇠갈퀴 자루를 고쳐 메고
잔디 좋은 산길을 지나다
슬그머니 옆길로 샌다
볕 잘 받는 나무에 곁가지가 성하듯
옆길로 새는 것도
따지고 보면
앞으로 가는 것

누워도 빤히 보이는
복숭아 밭 사이에 낀 채마밭에
한 여인이 무덤처럼
웅크리고 앉아 있다
자세히 보니
조금씩 옆으로 움직인다

다만
어미 덩굴은 뻗게 하고
새끼 덩굴은
먼저 뻗은 두 개만 남기고
서둘러 따내버리는 것은

봄꿈에 젖은 사내의
속 깊은 아내가 할 일

취한 달

캄캄한 솔숲 사이로
그녀의 둥근 집이 보인다.

붉게 상기된 창문이
뒤꿈치를 들고 기웃거린다

안쓰러운 마음에
못다 부른 노래는 잠시 접어두고
그녀의 집이 발산하는 융숭함에 이끌려
귀몰(鬼沒)한다

심플하게,
대문이 열려 있다
태연하게,
부엌문도 열려 있다
홀가분하게,
방문도 열려 있다

그러나 나의 주책없는 노래는
앞장서서

그녀의 환한 취기를 그대로 통과하고는
다시 산길을
주섬주섬 거두는 것이 아닌가

훗날 이를 두고
나에게 종종 충고하고 염려하는 어떤 이는
내가 저 취한 처녀 귀신의
무슨 얼어 죽을 서방인 까닭이라고
또 어떤 이는
그런 내가 바로 숨은 귀신인 까닭이라고

蓮花堂釣行記

1

한밤 동네 저수지에서 듣던
그 새소리
멀리 마곡사 연화당까지 따라와
다시 우네

나 모른 체
찌처럼 입정(入定)하고
미명(未明)에 갇혀 턱 괴고 있는
눈먼 나를 응시하네

2

지당지 제방 못미처
후미진 골
굽은 소나무 아래에 가면
언제나 내가
낚싯대를 펼쳐놓고 앉아 있다

오늘은 오늘의 방식이 따로 있긴 하지만
나는 늘 어제의 그 물가에 앉아
손을 씻거나
어제 부르다 만
별이 지면 꿈도 지고
슬픔만 남는다는
노래를 이어 부른다

내 노래는 어제의 바람처럼 물결 위를 떠돈다
내 믿음은 어제의 몰골로 뉘우치듯 소나기를 맞는다
내 사랑은 어제의 새처럼 한밤중에 허공을 솟구치며
울부짖는다
내 꿈은 어제의 반딧불처럼 아무런 계획 없이 날아다
닌다
내 욕망은 어제의 붕어처럼 향기로운 미끼를 향해 기
웃거린다

오늘 나는, 어제 잡았다 놓친 물고기, 혹은 그가 물었
다 뱉은 지렁이

오늘 나는, 어제 수문 옆 산그늘에 나란히 앉아 부둥켜안고 울며 서로를 달래던 연인

오늘 나는, 어제 손가락으로 건너편 야산 철탑 끝을 가리키던 노인

오늘 나는, 어제 졸참나무 가지 끝에서 내려와 낚싯가방 위를 부지런히 기어가던 애벌레

오늘 나는, 어제 해 질 무렵 라디오를 들고 둑길을 어슬렁거리던 마을 청년

오늘 나는, 어제 구름에 떠밀려 그만 손을 놓아버렸던 별자리

오늘 나는, 어제 손질하다 끝내 팽개쳐버린 살 부러진 우산

오늘 나는, 어제 참았던 오줌을 누다 돌아본 그 미세한 찌 올림

그렇다면,
오늘의 나를 가두고 키우는
이 견고한 시간의 제방은 누가 쌓았을까?

3

굽은 소나무 아래
너럭바위에 앉아 떡밥 개던
찰랑대던 물 빠지니
서너 길 바위 벼랑이네

텐트 치고 밥 끓여 먹던
제방 쪽으로 조금 기울어졌던 그 자리
물 속 깊이 잠겨 간 곳 없네

세숫대야 물에 머리 감듯
물을 향해 온몸을 숙인
짙푸른 산 그림자 꼭대기
그 집 앞마당 언저리에
나 겨우 핀 치자꽃 미끼를 달아
마음 깊이 가라앉히네

臥禪이란 그런 거지
―― 전해주 형에게

땀에 전 옷가지를 찬물에 빨아
빨랫줄에 널려고
바지랑대를 이리저리 고쳐 세우다
처마 밑에서 담장으로
늘어진 빨랫줄을 힘껏 잡아당긴다

바지랑대는
무지개에 기대놓은 탄성처럼
순식간에
땅 위에 나가떨어져 눕는다

그렇지
와선(臥禪)이란 그런 거지
어느 순간 생의 타이밍을 던져버린 육체가
허우적거리며 허공을 움켜쥐다
제멋대로 착지하고는
입 다물고 눕는 거지
누워서는 꼼짝 않고
한곳만 죽어라 바라보고 있는 거지

수건을 둘러쓰고
감자밭을 둘러보던 식구들이
머리맡에 죄 둘러앉아
무슨 큰 병이 아니냐고

목탁과 염주는 어디 가고
나는 자꾸 부은 코뼈에 손이 가고

지난 주말에 들르겠다던 친구를 기다리며
—— 정찬휴에게

돌이킬 수 없이 깜깜한
그런 시골 밤이 싫어
이른 저녁 먹고
개밥 주다
그냥저냥 손해 보듯
잠시 별 보고
느지막이
불 밝힌 다락방에 앉아
버리지 못한 책의 성긴 글 몇 줄 뒤적이다
별 수 없이 창밖을 바라보네
풍진(風塵)이 가득 낀 창가엔
어느새 생각의 날벌레들
수북이 쌓이고
그 어둠의 코앞에
지금은
머리 깎고 입 다물고
물끄러미 나를 바라보는
내가 있네
특히 지난 주말에 들르겠다던 친구를 기다리는
이런 밤에는

그런 별 하나가 또렷이 보이네

누가 나의 낮잠을 깨우는가

1

며칠째 주물럭거리던
식탁과 의자가 될 나무를 꺼내 뚝딱거리다
비가 뿌리는 바람에 도로 덮어둔다
어제 망치에 찧인 왼손 엄지손가락이
추억인 양 아직 투명하다

오늘 점심 식단은
찬밥에 어린 호박잎과 풋고추
벌에 손등을 쏘인 아내는
모자라는 밥을 국수로 대신한다

평상에 누워
낮잠을 방해하는 파리를 잡으려고
파리채를 찾는데
만화를 보며 낄낄거리던 아이가
놀란 듯 나를 제지한다

"아빠, 파리는 날고 싶대!"

다시 자세를 고쳐
식탁과 의자가 될 나무들을 베고 누워
하늘을 본다
누군가 실수로 베어버린 자신의 밑동을
아뜩하게 내려다보는 강낭콩 줄기처럼
등짝이 서늘하다

2

점심나절에
밀린 전화 요금 고지서와 함께
우체부가 놓고 간 조간신문을 뒤적거리다
어젯밤에 죽은
뻣뻣한 토끼를 토끼장에서 꺼내
검은 비닐봉지에 담아 들고
뒷산에 오른다

낚싯대를 손질하는데

토끼 한 마리가 어디 갔냐고
따라다니며 지분대던 아이가
이번에는
왜 머리를 빡빡 깎았냐고 묻는다

토끼풀을 뜯으러
어제보다 더 멀리 간다

가까이 할 수 없는 서적*

지난 겨울에 내린 눈
잊지 말라는 당부 같은
춘삼월에 내린 폭설도
또다시 눈 녹듯 사라진 삼월 십이 일 저녁
신문에 난 '한국의 책 100권'의 목록을 들여다보다
조국을 떠나기로 결심한 공자(孔子)가
그토록 꿈에 그리던
주(周)나라의 눈 덮인 겨울을 생각합니다

막소주 한 되를 사러
질척이는 거믄절 고갯길을
뉘엿뉘엿 넘어가는데
뒤따라 나선 아이가 자꾸
집 쪽을 돌아보며 중얼거립니다
나무가
나무가 없다고

까치집을 머리에 이고 있다고
그 손바닥만 한 밭뙈기에 그늘을 지운다고
오늘 아침나절에

옆집 늙은이가 덜컥 베어버린,
집 뒤에 늘 서 있던
그 커다란 굴참나무가 보이지 않는다고

향음주례(鄕飮酒禮)하고
천천히
활시위를 당기다

* 김수영의 시 제목에서 빌려왔다.

그대 다시는 고향에 가지 못하리

지금 나를 엄습하는 것은
너의 잘못 든 꿈이 종종 헤매다 가는
양지바른 고향의 언덕이 아니라
산그늘의 발목을 잡는 메마른 관목의 뿌리와
살을 찌르는 가시덤불 가득한
낮지만 거친 야산의 정적이란다
잘 있었니?

네가 한때 툭하면 걸려 넘어지던
높은 문지방과 눅눅한 부엌 바닥에
오늘 낮에는 잠 깬 뱀이
항아리 밑에서 나와
부러진 숟가락을 비켜가며 길을 만들더구나
그래 밥은 먹고사니?

네 짐작대로
집구석의 기둥들이란 것이
비목인 양 반쯤은 허공에 기대
줄지어 있거나
기껏해야 똑같은 방식으로

얼마 남지 않은 용마루를 이고 서서
애지중지 잡풀더미나 끼고 산단다
그 잡풀로 이어진 똥간 옆에는
군사 우편이라고 찍힌 편지 몇 통과
하다 만 숙제가 남은 잡기장이
오늘도 자신을 읽고 또 읽는 모양이더라

그러니까
네가 바짝 마른 입으로 서정시를 외거나
아니면 철 지난 구호를 중얼거리며
털레털레 걸어나온 문도 없는 마당 끝에서
잠시 뒤돌아본
그 툇마루의 반질반질한 기억에 엎드려 편지를 쓴다

지금 내가 당도하려는 곳은
한밤중에 잠 깨어
문지방에 선 채로 지린 오줌을 누고
꺼진 구들을 피해 다시 돌아누울 때
언뜻 바라본 해묵은 달력 그림 같은,
졸참나무 가지에 걸린

네가 버리고 간 달이며,
그때 너를 화나게 했거나
속상하게 했던 일들이 내뱉는
욕설 같은 새소리

아마 내일 아침이면 나는
네가 구형 전기밥통을 뒤져
허겁지겁 양푼에 밥 비벼 먹고
땡볕에 늘어진 언덕을
미끄러지듯 내려가던
길도 아닌 길에 대해
아니면
몇 번씩 마음 고쳐먹으며 가고 있을 너의 앞날에 대해
다시금 생각이야 해보겠지만
지금은 이 빈집과
그 주변에 들꽃처럼 흩어져 살고 있는 무덤들이
먼저 위로받아야 할 시간

그 짬에 기대어
오늘 밤 네가 돌아갈

그 먼 집으로 가는 길목을 미리 드문드문 밝혀둔다
언젠가 그랬듯이
지하철에서 선 채로 졸다 무릎이 꺾이게 되거들랑
혹시
그 단단한 건물 유리벽에 실수로 머리라도 찧게 되거
들랑
모른 체하지 말고
속으로라도
새처럼 울어 나를 불러주지 않겠니?

잠시 뒤면
흙에서 되돌아나온 시간이 투덜거리며
얼마 안 남은 나의 체온을 거두어갈 것이다
내 잊지 않고 너의 울음을 이 빈집에 새겨두리라

산천의구란 말

저녁 뉴스의 일기예보가 끝나도록
아이가 보이지 않는다
개구리 소리를 헤치고 귀를 담그니
뒤뜰이 움찔거린다

　　"뭐 하니?"
　　　　　　　"놀아."

아이는 제 방 창에서 흘러나온
사다리꼴의 형광등 불빛에 걸터앉아
막대기를 휘두르며 몸을 전후좌우로 흔든다
그만 손을 바짓가랑이에 툭툭 털더니
집 안으로 타박타박 들어온다

새끼 일곱 마리를 낳은
순한 누렁이의 밤참을 주다
어미 개인 양 코를 킁킁거리며
그 자리를 대신 서성인다
도대체 뭘 하고 놀았을까?

벌써 눈이 어두워진 것일까?
어째서 내 눈에는
아이가 놀다 간 자리에
아직 헤어지지 못하고 웅성거리고 있을
그 많은 살림살이와 노래와 친구들이
하나도 보이지 않는 것일까?

그 많은 날
과수원 산비탈을 오르내리면서
제대로 눈길 한번 못 건넨 저녁노을 같은
아, 저 산천의구(山川依舊)란 말

손님

추억은 섬돌 위
그들이 제멋대로 벗어놓은
신발 속에 있다

그들이 신을 신은 채로
내 안으로 들어올 수 없듯이
대신 풀 냄새 나는 용기로
온갖 떠들썩한 표정의 말들을
앞 다퉈 방 안 가득 뱉어놓는다

그러다
길게 담배 한 대를 피우고
한결 몽롱해진 마음으로
하나씩 제 신을 챙겨 신고
울 밖으로 뿔뿔이 흩어진다
(제발 앞뒤 좀 살피며 뛰어다니거라!)

섬돌 위에는
자신들도 모르는 사이에 옮겨다 놓은
꽃가루 같은 낯선 흙먼지와

아내와 나, 그리고 아이가
벗어놓은 신발만
각각 남아 있다
고 잠시 생각하지만

거실 구석이나 현관 근처 어딘가에
그들이 미처 챙기지 못한
우산이나 손때 묻은 모자, 낡은 장갑 같은 것들이
숨은 그림처럼
마음 한 구석에 남아
한 계절 또는 한두 해씩 살고 있으니!

겨우내 한 일

겨우내 한 일이라곤
우두커니 창밖을 내다보거나
가끔 문 앞에 당도한 눈을
길 옆으로 슬며시 밀어놓는 일뿐이었습니다
풍경 위를 기어다니는 것들이란
하루 네 번 지나는 버스를 보내고
돌아눕는 굽은 길과
담배를 물고
경로당을 빠져나온 노인들의 헛기침 소리에
한 발 물러서는
악에 받친 까치 부부뿐입니다

오늘은
아내와 아이가 외출한 빈집에서
오래된 편지를 읽듯
뒤뜰을 내려다봅니다
어제 내린 눈은
간신히 잠든 아이의 이불자락처럼
한결 느슨해진 마음으로
어제의 맨발을 슬며시 내밀고 있습니다

그 위로
허공에서 내려온 새 발자국이
텃밭과 무덤 사이를 두리번거리다
다시 허공으로 이어집니다

라디오 주파수를 대충 맞추고
설거지나 하려고 일어서려는데
막 빈 가지를 출렁이며 내려앉은
어떤 새의 가쁜 숨소리가
울컥 코피를 쏟듯
가슴 왼쪽인가 오른쪽에서
사정없이 두근거렸습니다

누군가
혼자 있을 때 하는 짓을 엿보기라도 한 듯
황망히 시린 어깨를
낡은 외투 속에 밀어넣고
뒤뜰로 나가
김칫독을 열어보고
언 수도를 녹이고

칼을 갈고
장작도 팼습니다
한 번은
전화벨 소리에 허둥댔습니다

빈집을 지키는 것만으로도
참 고단한 하루였습니다

사평역은 없다

길가에 늘어선
양철 지붕의 짧은 처마 밑에
한 소년이 서 있습니다

야윈 손 하나가 사타구니에서 몸 밖으로
못 이긴 척 고개를 내밉니다

동그랗게 펼쳐진 손바닥 위로
지붕을 타고 흘러내린 비의
안도하는 환호성이
톡톡 튑니다

빗줄기로 머리를 곱게 빗은 소년은
손바닥 위에 빗물을
차곡차곡 쌓고 있습니다
반성문을 쓰듯
쌓다가 다시 버리고

어젯밤 꿈들은 고작해야
통학 길 언저리에 흩어져 있습니다

어떤 꿈은 사평 우체국 앞까지 가보기도 했지만
사평역에 다다르지는 못했습니다

기적 소리를 기다리며
사평역 부근에서 설레고 있어야 할
때 이른 코스모스가
러브호텔 신축 공사장 공터에서
번데기 안주에 소주 몇 모금 돌려 마시며
밤을 지새다
사소한 시비 끝에 몰매 맞듯
무더기로 비를 맞고 서 있습니다

길 떠난 아들을 찾아 헤매다

지난 장마에 무너진 흙집 터무니에서
까치집을 올려다보며 소리치고 있었는데……

나 똥 누러 간다
고 소리치며 땅을 쿵쿵 구르다
무덤이 있는 숲 그늘로 한 발짝 더 들어갔을 뿐인
데……

조금 전까지
벼락 맞아 죽은 밤나무 둥치에 올라
날갯짓하는 것까지 보았는데……

갑작스레 퍼붓는 눈보라에
갈 만한 곳
있을 만한 곳을 다 둘러봐도
아이가 없다

막 설거지를 끝내고
깜빡 졸다 날개옷을 잃어버린 아내여,
이제 타향살이의 얕은 잠에서 깨어

나는 산길로, 그대는 마을길로
조금 일찍 길을 떠난 아들을 찾아 헤매야 할 시간

길은 세찬 눈보라 속이나
삼월의 황사에 뒤덮인 들판을 지나
어느 곳이든 맞닿아 있어
우리는 종종 서로의 낯익은 모습을
별빛인 양
먼발치서 바라보곤 돌아선다

그렇다고 아내여,
소리쳐 부르지 마라
꿈에 소리친들 무슨 소용이 있으랴
그렇다고 아내여,
서둘러 뛰지 마라
꿈길이란 급할수록 걷기조차 힘든 길

아마 해질 무렵이면
텔레비전 앞에서
다리에 상처를 두른 우리 세 식구는

무릎을 맞대고
삶은 감자를 먹는 익숙한 꿈을 다시 살게 될 것이니

그때까지
그대와 나는
길을 잃은 아이처럼
침착하게
우리가 왔던 길을 생각해내야 한다

그런데 아이야,
너는 어쩌다
울며불며 산길을 헤매는
그런 호된 꿈을 자주 꾸게 되었니?

사과꽃 폈던 자리

사과술을 담근다고
태풍에 떨어져
무더기로 트럭에 실려 다니는
상처 난 아오리 사과 한 상자를
싼값에 사서
우물가에 와르르 쏟아놓고
아내와 함께 물로 씻는다

오목한 곳까지 깨끗이 닦으라는
아내의 성화에
물끄러미 들여다보니
그 구석진 곳이 바로
지난 봄 사과꽃 폈던 자리!

때 낀 배꼽 같다

그래, 이 자리가 있어야
장날 좌판에 동그마니 먼지라도 쓰고 앉아 있고
제사상 위에 삐딱하니 걸터앉았다
그만 떼구루루 구르기도 하나니!

소년들은 두리번거린다
──안욱에게

며칠째
안개비가 내리고
학교에 가지 않은 아이는
창밖을 내다보며
또 호루라기를 불고 있다
그러다가 생각난 듯
피리를 사달라고

독감처럼
드문드문
옆집을 오가는 사람들의 생각이
느티나무에 가려
보이지 않는다

새 몇 마리
앉았다 떠났다
하는 사이 숲은
묵묵히 처분을 기다리듯
참았던 숨을
천천히 내쉬고

우산을 내던지고
개울가를 두리번거리던
아이의 모습이
보였다
다시
사라진다

그는 어느새 소년이다
소년만이
동전 하나 떨어져 있지 않은
이 지구의 맨바닥을
그토록 신중하게 살핀다

참 그날 이후로
──장석남에게

하루만 지내보면 알겠지만
네가 보고 가라며 붙잡던
창호지에 번진 아침은
잘 굽어보고
네 창가에 그대로 두었다

삐뚜름한 네 집 마당에
제멋대로 키우고 싶다던 수탉의 울음과
그 털북숭이 어린 개가 낳을 새끼는
미리 가져간다 대신
밤새 다 풀지 못한 생각들은
답례 삼아
방 안 가득 어질러놓았다

동틀 무렵의 푸른 밀밭이라는
고흐의 그림이 있는 돌돌 만 한미은행 달력과
기모노를 단정히 차려입은 춘원(春園)은
깜박 잊고 택시에 두고 내렸으니
찾지 말아라

참 그날 이후로
미당(未堂)을 만났다는 사람은 없으니
너무 궁금해하지 말고
속옷 차림으로 목욕물 받듯
목욕물 받다 고운 후배 안부 전화 받듯
다정하게 들락거려라

쓸쓸한 화석

겨울비 내린 뒤
언 땅 위에 새겨진
어지러운 발자국
발자국 위에 또 발자국
뉘 집 창문 앞일까?

결코 놓칠 수 없었던,
끝까지 벗어나려고 발버둥쳤던,
그러다 끝내
서로에게 스미지 못하고 뒤엉켜버린
순대 같은
아니 식은 떡볶이 같은
저 지독한 사랑의 흔적

그 진창의 발자국 속에는
아직 대답을 듣지 못한 말들이
살얼음처럼 간략하게
그러나 서로를,
힘껏 당기고 있다
밟아봐, 얼음 깨지는 소리, 경쾌하지?

둘러봐라,
내 생각엔
이 근처 어딘가에 그들의 무덤이 있다

제2부
逸聞

남산 위에 저 소나무

자다 깨다
자다 깨다
자다 깨다
자다 깨다
자다 깨다
자다 깨다
(팔 바꿔서)
자다 깨다
자다 깨다
자다 깨다
.
.
.

생활

쿵쿵 냄새를 맡아본다
손가락으로 쿡쿡 찔러본다
발바닥으로 슬슬 문질러본다
물을 붓고 살짝 데친 뒤에
앞니로 잘근잘근 씹어본다
바람이 불거나 손님이 오면
잘 말아 콧구멍 속에 잠깐 넣어두거나
아예 척척 접어
벽장 이불 속 깊숙이 처박아둔다
외출을 할 때는
조심스럽게 아내의 이마에 붙여놓고
이리저리 돌려세워본다
돌아와서는 손을 씻고
식탁에 반쯤 내놓는다
온 식구들이 오물거리다
뱉었다
쿡쿡 찌르다
바지춤에 넣었다
밤새 끌어안고 뒤척이다
아침이면 다시 꺼내

우물
우물
거
리
다

엄마가 들려주는 죽은 학교에 관한 옛날 이야기

우는 아이는
산꼭대기 교회 피뢰침 옆에 묶어둔다

말썽피우는 아이는
검찰에서 자술서를 쓰고 재판에 회부한다

늦잠을 자는 아이는
밤새 불 밝힌 비닐하우스에서 자라게 한다

심부름을 안 하는 아이는
자동차 뒤 트렁크에 싣고 이리저리 끌고 다닌다

반찬을 가려 먹는 아이는
단식 투쟁의 대열에 합류시킨다

친구들과 싸우는 아이는
회사 로비에서 철야 농성하게 한다

거짓말하는 아이는
어른들과 똑같이 이 세상에 이대로 내버려둔다!

세한도

그는 사람이 아니다 사람이 되는 것이 귀찮기
때문이다 사람이 되면 뭘 하나 해도 사람이 그럴
수가 있느냐고 할 때가 많고 사실 사람으로서
해야 할 일이 이것저것 많다 사람이 아니라고
해서 불편한 것도 별로 없다 그렇다고 지금까지
사람을 의식하고 살아본 적도 없는 그가 눈비를
맞으며 자기의 빈집을 우두커니 내려다보는……

그네

어릴 때나 커서나
                    그네
신발 한 짝을 잃어버린 뒤에도
그네
글 모르는 아이에게도
                        그네
방학이 끝나도록
그네
마흔이 넘은 뒤에도
                    그네
숨어서 보아도
그네
가만히 불러봐도
                그네
편지 한 장 없어도
그네
아무리 변명해도
                그네
돌아서서 다시 생각해봐도
그네

우리가 더 들락거릴 곳은 없을까?

만화방에서
구멍가게로

빵집에서
극장으로

학교에서
뒷골목으로

지하 술집에서
이층 화장실로

꽃집에서
여관으로

사무실에서
식당으로

셋방에서
고층 아파트로

북한산에서
다시 지하도로

그리고
오늘의 운세나
생사(生死) 말고
뭐 우리가 더 들락거릴 곳은 없을까?
(황혼에서
새벽까지!)

바위에 새긴 그림

달이 해에게 그랬듯이
나 숨어서 너의 뒷모습을 바라본다

　바람이 구름에게 그랬듯이
　나 잿빛 우산에 가려진 네 뒤를 졸졸 따라다닌다

구름이 달에게 그랬듯이
나 네 가슴에 얼굴을 묻고

　해와 달이 그랬듯이
　나 너를 삼켰다 천천히 다시 뱉는다

구름이 별들에게 그랬듯이
나 너를 어디론가 끌고 가 흠씬 두들겨 팬 뒤 돌려보
낸다

　모든 별들이 그랬듯이
　우리 서로 멀찌감치 떨어져 앉아

우리가 어떻게 사랑할 수 있을까
──누렁이에게

갑자기 비 듣는 소리에 집 주변을 살피러 밖으로 나간다
(문 여는 소리가 들리더니 우산을 펼쳐 든 그가 내 앞
으로 온다)

발자국 소리에 고개를 든 그가 목줄을 끌며 집 밖으로
나온다
(나는 반사적으로 몸을 일으켜 지체없이 그 앞으로
나간다)

나는 비 맞지 말고 집으로 들어가라며 소리친다
(나는 꼬리를 흔들며 그의 의중을 살핀다)

나는 그를 집으로 몰기 위해 발로 위협한다
(나는 일단 땅에 바짝 엎드리고는 꼬리를 감춘다)

나는 다시 한 번 큰 소리로 을러대며 그의 등을 발로
떠민다
(나는 두려움으로 약간 몸을 움츠리며 그의 발을 견
딘다)

집 안에서 울리는 전화벨 소리에 허겁지겁 다시 집으로 들어간다
(나는 몸을 일으킨 뒤 비에 젖은 몸을 흔들어 턴다)

길고 시시껄렁한 안부 전화를 끊고 우두커니 창밖을 내다본다
(무슨 일일까? 그가 다시 나올까?)

토끼뎐

시골이전기념으로갈색토끼두마리를선물받다
(1998년 4월, 가남장)

보름만에횡사한갈색토끼한마리를정중하게산에묻다
(1998년 5월, 날씨 맑음)

갈색토끼한마리를더구입하다
(1998년 5월, 가남장)

누군가에게귀를물어뜯겨죽은채로발견된새로사온갈색
토끼를산에버리다
(1998년 6월, 날씨 쾌청)

3년을복무한갈색토끼가더이상우리에살기를거부하여
교살한뒤반은먹고반은버리다
(2001년 5월, 날씨 화창함)

산토끼와교배해서낳았다는흰토끼세마리를떨이로1만4천
원에구입하다
(2001년 6월, 장호원장)

땅굴을파고탈출해옆집콩밭을훼손하다콩밭주인이놓은
올무에걸린흰토끼를콩밭주인에게병아리사료한포와
함께그보상으로제공하다
(2002년 5월, 날씨 무더움)

세번째탈출을감행하다붙잡힌흰토끼를식구들모르게
살해한뒤둑에버리다
(2003년 6월, 흐림)

혼자된흰토끼한마리어느날소문없이뒤뜰의주인으로
추대되다
(2002년 7월)

한밤중뒤뜰에서무심코토끼를부르니
죽은토끼들이귀를쫑긋세우고바라본다
그새더큰놈도있고부쩍마른놈도있다
살아있을때처럼눈을벌겋게뜨고있다
(─현재)

고성 무지개 다리 略史

〈앵커〉 강원도 고성의 무지개 모양 돌다리 2개가 보물로
지정됐다는 소식을 전해드립니다.

〈기자〉 문화재청은 6일 고성군 거진읍 건봉사의 능파교
(凌波橋)와 간성읍 육송정 홍교(虹橋)를 보물 1336호와
1337호로 각각 지정했습니다. 1707년 만들어진 능파교는
건봉사 대웅전과 극락전을 연결하는 길이 4미터, 폭 7.8미
터의 다리로 건립 경위가 적힌 비석이 같이 남아 있어 문화
재적 가치가 높습니다. 같은 규모의 홍교는 능파교보다 앞
선 시기에 만들어진 것으로 추정되고 있습니다. 지금까지
고성에서 전해드렸습니다.

그 다리 놓고
나 울었다

너 그 다리 건너
어디로 갔니?

〈앵커〉 보물로 지정된 문화재 능파교가 보수 공사 도중

폭삭 무너져내렸습니다. 파도를 헤치며 극락 세상으로 들어간다는 이름을 가진 능파교의 그 고풍스런 모습을 다시 볼 수 있을지 모르겠습니다.

〈기자〉 신라 법흥왕 때 창건된 고찰 건봉사. 조선 숙종 때 만들어져 규모가 크고 원형이 잘 보존돼 있어 2년 전 보물로 지정된 능파교의 무지개 모양 홍예석이 지난 5일, 보수 공사 도중 무너져내렸습니다.

〈공사 관계자〉 면석을 놓기 위해서 여기를 팠어요. 삽으로 팠는데, 우드득…… 소리가 나길래 위를 쳐다보니까 위에 금이 가더래요.

〈문화재 전문위원〉 아무래도 원형 그대로일 때보다 바꿀수록 문화재로서의 가치가 줄어드는 것은 사실이죠. 하지만 지금 상황에서는 되돌릴 수가 없어요.

〈기자〉 문화재청은 보수 공사 이전에 능파교에 대한 정밀 실측을 마쳤기 때문에 원형 그대로 복구할 수 있다는 말만 되풀이하고 있습니다. 지금까지 고성에서 전해드렸습니다.

그 다리 복원하면
너, 다시 돌아올래?

(   )에서 돌아온 김상사

(   )에서 돌아온 새까만 김상사 이제야 돌아왔네
(   )에서 돌아온 새까만 김상사 너무나 기다렸네
굳게 닫힌 그 입술 무거운 그 철모 웃으며 돌아왔네
어린 동생 반기며 그 품에 안겼네 모두 다 안겼네

말썽 많은 김총각 모두 말을 했지만
의젓하게 훈장 달고 돌아온 김상사

동네 사람 모여서 얼굴을 보려고 모두 다 기웃기웃
우리 아들 왔다고 춤추는 어머니 온 동네 잔치하네
폼을 내는 김상사 돌아온 김상사 내 맘에 들었어요
믿음직한 김상사 돌아온 김상사 내 맘에 들었어요

작사: 신중현/작곡: 신중현/노래: 김추자/반주: 덩키스/
수록 앨범:『늦기 전에』(DC가-06, SEL-13-06, 1LP) /
제작: 성음제작소/발매일: 1969년 10월 20일

말 위에서 죽다*
——김점선 님께

나는 말 위에서 죽었다. 죽은 **척** 땅으로 떨어졌다. 이것이 나의 전생이다. 한 번도 아니고 수십 번 나는 그렇게 **죽은 척했다.** 나는 스무 살 **이전에 죽은 적이** 한 번도 없다. 몇 년 동안 열심히 무술을 단련하고 첫번째 전투에 나가서 적을 향해 돌진하다가 **죽은 척했다.** 왜냐하면 나는 매우 용감**해야** 했기 때문에. 그리고 물불을 가리지 **않아야 했기** 때문에. 화살이 날아오든 칼이 날아오든 오로지 적을 향해 달려가다가 **죽은 척했다. 어떤 전투에서건** 한 번도 **빠진** 적이 없었다. 당연히 서른 **이전에** 죽은 **적도** 없었다. 내 영혼에 요절한 기억은 없다.

* 이 시는 화가 김점선의 수필 「말 위에서 죽다」의 첫 부분을 리메이크한 것이다.

나라고 할 만한 것이 없다

우두커니 먼 산을 바라본다
코를 킁킁거리며 온몸 구석구석 냄새를 맡는다
사정없이 몸을 흔들어 나뭇잎을 떨어뜨린다
여기저기 돌아다니며 오줌을 깔긴다
1초 정도의 간격을 두고 세 번씩 반짝거린다
적당한 나뭇가지를 꺾어 발로 움켜쥐고는 죽은
나무줄기를 두드린다 돌부리에 걸려 넘어진다
무릎 꿇고 앉아 잔디 사이에 번진 토끼풀을
먹다가 쥐어뜯는다
그러다 밀짚모자를 벗어 던지며
넌 도대체 어디에 숨어 있는 거니!
하고 버럭 소리를 지르고 싶을 때
어디선가 바람을 타고
지저귀거나 으르렁거리는 소리가 들릴 때

선물의 집

치매로 실종된 쌍둥이 할아버지에게
눈에 익은 과수원 길 한 세트
아무렴 그렇구말구

생일도 잊은 채 고추 따는 아이에게
반가운 친구 한 다스
아무렴 그렇구말구

글 모르는 김서방 회갑 잔치에
글자 없는 책 한 마지기
아무렴 그렇구말구

자식 잃고 먼 길 떠난 친구 부부에게
답장 붙은 편지 한 축
아무렴 그렇구말구

멀리 벨로루시에서 시집온 심약한 소녀에게
약국에서 산 희망 한 갑
아무렴 그렇구말구

해수병 걸린 홀아비 찬장 위에
잘 마른 적막 한 궤
아무렴 그렇구말구

놀이터에서 혼자 울고 있는 아이에게
엄마의 귓속말 한 봉지
아무렴 그렇구말구

오빠가 있다

이천 향교가 내려다보이는
시립 도서관 2층 문헌정보실
대형 마트에 들어서듯
손가락 빠는 아기를 포대기로 들쳐 업은 그 여자
걸을 때마다 딱딱 껌 씹는 소리를 내는
굽 높은 슬리퍼를 끌고
서가와 서가 사이를
추석 특설 매장을 지나 수산물 코너로 눈 돌리듯
사회 과학에서 기술 과학으로
종교에서 역사로, 역사에서 다시 문학으로
툭 하면 안 들어오는 애 아빠 찾아
신장개업한 술집 앞 대형 화분에 걸린 이름표 보듯
한바퀴 휘 둘러보다
신간 코너 구석에 세워둔
대걸레 자루 같은 내 옆을 스쳐 지나더니
별 물건 없다는 듯 화살표를 따라
다시 출구로 휘적휘적 걸어 나가면서
내게 불쑥 맡기고 간
씩씩한 젖 냄새
누가 볼까 아득해져

책을 놓고 창가에 선다
그 여자 미련 없다는 듯
시립 도서관 층층대를 털레털레 내려가고 있다
대출 보증을 부탁하러 왔다
공연한 수다만 떨다 돌아가는 여동생 같다
왜, 시립 도서관 옆길로만 가도 약수터가 있고
그 산책로를 따라 오르면
왕벚나무 아래 다소곳한 벤치와 운동 기구가 널려 있
는데
누가 그녀에게 무리한 이자를 요구했단 말인가
누가 이 여자에게
확실한 담보 없이는
젖과 꿀이 무진장으로 흐르는 그 수많은 고전들을
단 며칠만이라도 대출해줄 수 없다고 거듭 말했단 말
인가

물 속의 암스테르담

우리 그렇게 하나가 되었다고
믿었지만 오래지 않아
물 위로 끌려나온 건
퉁퉁 불은 나무토막 같은
침묵으로 굳어버린 몸

그 깊은 물 속에서 간신히 빠져나와
젖은 옷 입은 채 말리며
버스 노선 바뀐 거리를 헤매던
그 한기에 떨던 날들을
너는 담담하게 말하고 있지만
나는 네가 다 지웠다고 믿고 있는
네 몸의 물비린내를
지금도 힘들이지 않고 맡는다

비록 우리
막 열이 내린 시간의 이마를 더듬듯
멀찍이 떨어져
한가롭게 저녁 강가를 산보하고 있지만
보아라 우리 그림자는 아직

강물 위에 있다
저녁별과 함께
저 강물 속에 살고 있다

그의 안주가 되어도 좋았다

석문 방조제 수문 옆
줄 엉킨 릴대에 남은 밑밥까지 싸들고
아이와 아내 나 셋이서
각각 네댓 걸음씩 떨어져
털레털레 각자의 바람을 견디며
제방길을 걸어나오다 목격한
흰색 스프레이로 누군가 거침없이 그려놓은
교통 사고의 흔적 같은
실물 크기의 사람 형상
누굴까 태아처럼 몸을 잔뜩 웅크린 채
팔과 다리는 저 편할 대로 팽개치고
제집인 양 누워 있는 그는
가던 걸음 멈추고 물끄러미 돌아보니
얼굴은 먼 바다를 향해 있다
이 황량한 제방 위에서
저 혼자 어디론가 다급하게 교신하며 임무를 수행하다
깜박 잊고 제 육신을 두고 간 모양이다
이 초록의 지구별에서
새우깡과 그깟 소주 두 병에 취해

붉은 고추밭
——킬고어 중령에게

중국산 밀짚모자를 눌러 쓰고
고추를 따는데
헬리콥터 편대가
(아파치 헬기다)
오갑산 아래
청미천을 끼고 우회하더니
의심스러운 듯
내 머리 위로 낮게 날아와
기관포를 들이대고는
관등성명을 묻는다

저는,
얼마 전에 수해로 담장이 부서지고,
치질에 최근엔 가벼운 우울증까지,
기르던 개도 잃어버리고,
늙으신 부모님과,

별일 없다는 듯
헬기 편대는 산 너머로 사라지고
부동자세의

대한민국 40대
민간인의 얼굴을 한 나는
날아간 밀짚모자를 다시 주워다
턱 끈을 단단히 조이고는
허리춤에 숨긴 권총을

오늘 새참은
풋고추에 막걸리 한 잔

우리는 지금 바그다드로 간다

고속도로는
내내 흐리고
지체와 서행이 반복되었다

경기 63 루 2388
전남 21 바 5447
대구 33 너 5791
서울 44 차 7622

앞서거니 뒤서거니
이 행렬의 뒤를 좇다
나는 갑자기
왈칵 설움이 복받쳤다
혹시,
우리 지금,
보수 공사 중인 다리와 몇 개의 터널을 지나
불타는 바그다드로 가는 것이 아닌가

중고 가구 배달 가다
밀린 적십자 회비 받으러 가다

목장에서 막 짜낸 우유를 싣고 공장으로 직행하다
고향집 보일러 손봐주러 가다
농협에 빠진 대출 신청 서류 내러 가다
막 꽃망울 앉은 목련 서너 그루 납품하러 가다
그대로 차를 돌려 바그다드로 가는 것이

그런가 하면
충청도 한 읍내에서는
방송을 듣고 달려온 주민들이
가까운 터미널에 집결해
어린이와 노약자는 빼고
단체로 버스를 타고
비장하게 창밖을 내다보며
포성이 그치지 않는 바그다드로
자진해서
모여드는 것이 아닌가

조국을 위해
자유를 위해
가족을 위해

한 젊은 여성 선동가가
바그다드 라디오 방송을 통해
이 느리고 장엄한 행렬이
바그다드로 가는 모든 길목마다
줄줄이 이어지고 있음을
빠른 말과 흥분된 목소리로
전하고 있다

어디선가
귀에 익은 군가가 흘러나오고 있다
조국이여,
이 장엄한 군가의 볼륨을 높여라!
적들이여,
이 불타는 내일의 심장에 포탄을 쏟아부어라!

고속도로는
내내 흐리고
지체와 서행이 반복되었다

마라토너

브라질의 마라토너 리마 선수는 결승점인 올림픽 스
타디움에 들어서며 관중들의 뜨거운 박수와 환호를 받
자 너무 황홀해서 마치 어린 시절 꿈인 비행사라도 된
양 두 팔을 벌려 온몸으로 비행기를 타며 운동장을 한
바퀴 돌았다. 그는 자기가 3위로 들어왔다는 사실이 너
무 자랑스러웠다. 물론 그는 35km 지점까지 단독 선두
였고, 그대로 간다면 우승도 문제없었다. 그의 다리 근
육들은 아직 튼튼했고, 그의 심장은 열차처럼 강인했다.
무엇보다 그는 자기 페이스를 잃지 않는다는 자신감에
넘쳤다. 설사 누군가 갑자기 속력을 내 그를 앞질러간다
고 해도, 또 출발부터 단독 질주하는 그런 상황이 온다
해도 그는 앞선 선수를 따라잡기 위해 오버하지 않으며,
최적의 속도로 끝까지 완주할 수 있는 자질을 갖추고 있
었다. 많은 마라톤 관계자들이 바로 이 점을 리마 선수
의 가장 큰 장점으로 꼽았다. 그러나 그는 이런 자신의
스타일이 너무 싫었다. 오버하지 않고, 때로는 일탈할
줄 모르는 자신의 페이스가 너무 지루했고, 때로는 지겹
기까지 했다. 그는 출발선에서 다른 선수와 부딪치는 바
람에 중반까지 중위권 밖으로 처져 있다 서서히 속도를
내 한두 명씩 따라잡다 마침내 우승을 하거나(뭐 꼭 우

승이 아니라도 좋았다), 아니면 처음부터 선두로 달리다 가장 힘들다는 레이스 중반의 언덕길에서 뒤에 달려오는 한 무리의 선수들을 차분히 기다려주다 어느 정도 간격이 좁혀졌다 싶으면 다시 달리는 그런 극적인 경주를 꿈꿨다. 물론 그는 한 번도 그렇게 해보지 못했다. 그는 늘 훈련한 대로 그렇게 달렸다. 그러나 이번 아테네 올림픽에서, 그가 35km 지점을, 단독 선두로 달릴 때, 도로변에 서 있던 관중 한 사람이 뛰어 들어와 리마 선수를 덮쳤다. 리마 선수는 인도까지 밀려와 넘어졌다. 잠시 당황해하던 리마 선수는 그 순간 이것이 바로 신이 준 기회라고 생각했다. 그리고 그는 다시 달렸다. 물론 호흡은 거칠어지고, 다리에는 경련이 일었다. 하지만 이 경주야말로 자신의 생애에 최고의 역주가 될 것이라고 그는 확신했다. 자신을 방해한 사람이 아일랜드 사람이건 미국인이건, 그가 종말론자이건 유태인이건 그런 것은 중요하지 않았다. 문제는 그가 어떤 외부의 방해로 자신의 페이스를 잃었다는 사실이었다. 그리고 그는 마침내 3위로 들어왔다. 리마는 아일랜드 정부와 레이스를 방해한 호런 형제로부터 사과를 받았다. 리마는 이렇게 말했다. "이 모든 일이 신이 나를 선택하는 과정의 일부라고 생각한다. 호런에게 아무런 원한도 없고, 앞으로 그의 가족들을 만나게 되면 축복의 포옹을 해줄 작정이다"라고.

국립묘지

죽고 난 뒤에도
저토록 무더기
로 줄지어 모여
국가의 관리를
받는 사람들이
살고 있다니!

제3부
心境

心境 1
생은 다른 곳에

해 질 무렵
식구들 기다리며 군불 때다
라디오에서 흘러나오던
장현의 노래
그 노랫말 부리나케 받아 적어
부뚜막에 올려놓고 혼자 흥얼거리다
어느덧 밤 깊어
용현 고개 신화 목욕탕을 중심으로
금성 전파사, 오리온 상회, 황소 정육점
길 건너 처녀 미용실에 쌍둥이네 목공소로 재림하여
마침내 붙박인 별들
명절에 일 나간 누이여,
이 별자리들처럼 단순해지려면
얼마나 더 많은 노래와 땔감이 필요한가
휴대폰을 꺼내 들고
몇 번인가 되물으며
기호로 바뀐 네 부재의 자리를
꾹꾹 누르는 그 마음
너, 알지?

心境 2
처음 가본 길인데 낯설지 않은

텃골 이씨네 선산 비탈에서
발 시린 아이
코 흘린 아이
장갑 잃어버린 아이 서넛에
종일 심심한 우리 아이까지 끼워서
요소 비료 포대에 짚 넣어 만든 눈썰매 타다
칡넝쿨 뒤엉킨 덤불 속에서
느닷없이 튀어나온 잿빛 산토끼
얼떨결에 소리소리 지르며
동네 개들과 죽어라
눈 덮인 솔밭 사이를 뒤쫓아 내달리다
뉘댁 무덤가에 쓰러져
거친 숨 고르며 물끄러미 바라본
누군가 손에 쥐어준 돌맹이
방금 뭐라고 말한 듯한 돌맹이
오랜만에 다시 따듯해진 돌맹이
그 뭉툭해진 마음
너, 알지?

心境 3
각시 수련

추수 끝난 논바닥에
살림살이 다 드러내놓고 시위하는
남편 잃은 암너구리처럼
망한 미용실 입간판 발로 걸어차다
우연히 마주친 초등학교 동창생 앞에서
곱은 손으로
흘러내린 머리카락 매만지며 돌아서다
어느 날 홀연히 사라진
모르긴 해도
그러고도 한동안 연체된 이자를 갚는답시고
바람 찬 단위 조합 골목길을 서성거렸을
그러다 초여름이 돼서야
동네 저수지 한가운데
고개를 내민
저 그늘 없이 환한 얼굴
너, 알지?

心境 4
마르크스도 레닌도

더 이상은 못 살겠다는 마누라 성화에
그토록 즐기던 낚싯대 불사르고
요즘은 저녁 운동 나온 듯
해질 무렵 이쑤시개에 담배 한 대 물고
잘 닦인 방죽길 어슬렁거리다
요란한 외지 낚시꾼들 조황이나 일러주고
혼자 나온 낚시꾼 말동무하다 찌 봐주고
급한 일 볼 땐 대신 고기도 건져주다가
별들이 새까맣게 몰려나온 한밤이면
저도 몰래 물가에 드리웠던 마음 접고
광고 많은 연속극 보다 불 켠 채 잠든
마누라가 있는 집으로
밤이슬 자분자분 밟으며 돌아가는
전직 조사(釣師)이시자,
관광 버스 스페어 기사인 박평등 씨의
퍼내고 퍼내도 자꾸 솟아나는
차마 다 태워버리지 못한 그 마음의 심지
너, 알지?

心境 5
달맞이꽃

낮 동안의 수고로
아무렇게나
어둠을 깔고 덮은 식구들이
여기저기 몸 눕히며
오금을 펴는 한밤중

잦은 봄비에 수북이 늘어진
참나무 꽃다발 뒤에 숨어
개란 개는 모두 월월 짖게 하고
막 불 끈 집이건 아직 불 켠 집이건
모두 밤의 중심에 들게 하는
참 부지런한 달

온다는 그 말 잊지 않고
지인들의 창가에 어른대는
때늦은 부고 같은
그 서늘한 꽃그늘
너, 알지?

心境 6
우리는

마을 지붕 위로 줄줄이 날아가는
헬리콥터 편대를 따라
서둘러 대오를 맞춰
앞서거니 뒤서거니 날아가던
한 떼의 산비둘기
그 무리 물끄러미 바라보던
호연 마을 초입
가로등과 마주 서 있는 소나무
어느 날인가 작심한 듯
솔방울 하나 둘 떨어뜨리더니
언제부턴가는
잎 버리고 껍질 벗고
너저분한 가지며 이파리 모두 버리고
외발에 맨몸뚱이로
가로등과 똑같은 자세로 고개 숙인 채
밤마다 머리에 불 밝히려고
끙끙대는 그 마음
너, 알지?

心境 7
나는 어쩌다 생겨나와

갑작스레 점심 약속이 틀어진
초겨울 토요일 오후 맑음
제사상 차리듯 느릿느릿 볼 일 보고
오랜만에 노부모 사시는 본가 가겟방에 들러
다 불은 자장면으로 늦은 점심 때우고
담배 상자에 비스듬히 기대
재방송하는 텔레비전 연속극 힐끔거리다
깜박 잠들었다 깨어보니
다들 어디 가고
나만 혼자 덩그러니 남아
두리번거리던
그 빈집의 고드름 같은 마음
너, 알지?

心境 8
내게 강 같은 평화

새벽닭 우는 소리에 깨어
엎어져 자는 아이 이불 덮어주다
그 옅은 기척에 잠 깬 아내와
이불 속에서
하품하듯
드문드문 이야기를 나누다
문득 떠오른
새 달력 걸린 어느 해 겨울
아랫목 이부자리 반쯤 개고 기대앉은 아버지와
새벽바람에 탄불 갈고 들어온 어머니가
머리에 쌓인 싸락눈 털며
두런두런 나누던 이야기
이불 속에서
자는 체 눈 감고
엿듣던 그 마음
너, 알지?

心境 9
바람이 아직 차다고

입춘 바람에 질척거리는
산그늘 잔설을 밟으며
심심해 죽겠다는 아이를 달고
백족산을 오르다
빙판 진 산 중턱 약수터 언저리
겨우내 매달려 있던 마른 잎 떨구듯
털썩 주저앉아 미끄럼 타는 아이 손 놓고
넉살 좋은 후배의 안부 전화 받다
우연히 매만진
겨울나무의 부드럽고 도톰한 어린 꽃눈
바람이 아직 차다고
가볍고 부드러운
솜털 옷 해 입혀 내보낸 그 마음
너, 알지?

心境 10
백미러 속에 내가

관상 동맥 혈관 사진을 찍느라
이틀을 꼬박 시달린
여든의 병든 아버지를 모시고
인하대 후문 지나 본가로 돌아가는 길에
갑자기 바람에 떨어진 은행 알처럼
도로 위로
툭, 튀어나와
정신없이 은행 알을 줍던 웬 아줌마에게
급브레이크를 밟으며 얼떨결에 소리를 지르다
흠칫 놀라 백미러를 올려다보니
어서 가라는 듯
지그시 눈을 감고 계신
열매며 잎이며 다 떨군
늙은 은행나무 한 그루
바로 어제인 듯
가깝게 보이는
그의 망막 저편에 새겨져 있을
이리저리 흩날리던 그날의 풍경
너, 알지?

心境 11
하물며 네가 떠난 뒤에야

동지섣달 추위에
애지중지 키운
강아지 여섯 마리 중
한 마리는 잃어버리고
두 마리는 남 주고
이렇게 저렇게 다 떠나고
마침내 혼자 남아
입춘 경칩을 제멋대로 쏘다니는
봄 강아지 한 마리
그 곁에 가면 물씬 풍기는
어미 개 냄새
너, 알지?

心境 12
허수아비

오늘도
온종일
까치 산비둘기와 함께
콩밭에서 살았습니다
늘 고만한 키
생전에 입던 잠바
색 바랜 운동모를 쓰고
먼발치에서 보면
누구라도
신씨 노인 이 땡볕에 또 밭에서 일하네
라고 중얼대며 오갔을 겁니다
화투놀이 끝에 격조했던 읍내 사는 친구 한 분은
버스를 타고 마을 회관 앞을 지나다
비탈밭에 수그리고 있는 그를 발견하고는
반가운 마음에 버스에서 내려
한참을 지켜보다
끝내
말을
걸고
말았
답니
다

편안함과 자유 그리고 빈집 지키기의 고단함

이남호

    시인은 '시인의 말'에서 "시골에서 10년 가까이 더 살아 보았다. 여전히 나라고 할 만한 것은 없다"라고 적고 있다. 통속을 가볍게 무시해버리는 건방짐이 엿보이는 진술이다. 시집 『나라고 할 만한 것이 없다』에는 10년간의 시골 생활의 체취와 그 건방진 자유로 씌어진 시편들이 시골 방죽의 들꽃들처럼 편안하고 아름답게 펼쳐져 있다.

    1600년 전 중국 진나라의 시인 도연명은 41세의 나이에 벼슬을 버리고 고향으로 돌아가 자연과 더불어 사는 전원생활을 택했다. 그때의 심경을 노래한 것이 유명한 「귀거래사」이다. 이창기 시인은 버리고 갈 벼슬이 있었던 것도 아니고, 고향으로 되돌아간 것도 아니고, 세상을 등지고 자연을 벗하며 산 것도 아니었으므로 도연명의 처지와는 전혀 다르다. 1600년의 시간적 거리를 차치하고서라도, 벼슬을 했던 경륜과 넓은 땅과 여러 하인을 지녔던 도연명의 시골 생활과 평범하고 가난한 시골 아저씨 이창기의 시골 생활이 같을 수는 없을 것이다.

그러나 이창기의 『나라고 할 만한 것이 없다』를 읽다 보면 도연명의 「귀거래사」가 수시로 마음의 병풍을 친다. 두 시인의 태도에 어떤 공통점이 느껴지기 때문이다. 다음은 고향 집에 돌아온 도연명의 태도를 엿볼 수 있는 구절이다.

　　술잔을 끌어당겨 스스로 부어 마시고
　　마당의 나무들을 쳐다보며 얼굴에 편한 미소를 짓는다
　　남창에 기대어 제멋대로 내다보고
　　좁은 집이라도 무릎을 펼 수 있을 정도라면 충분히 편안함을 알겠다
　　정원을 매일 거니니 아취가 생기고
　　문이 있지만 오가는 이 없어 항상 닫혀 있다
　　지팡이를 짚고 돌아다니다가 아무 곳에서나 쉬고
　　때때로 고개 들어 주위를 둘러본다

　　引壺觴以自酌
　　眄庭柯以怡顏
　　倚南窗以寄傲
　　審容膝之易安
　　園日涉以成趣
　　門雖設而常關
　　策扶老以流憩
　　時矯首而遐觀

110

자작해서 술을 마시고, 뜰의 나무를 내다보며 흐뭇해하고. 창에 기대어 오만한 눈길로 내다본다거나 하는 태도에는 내 집에서 내 마음대로 할 수 있는 편안함이 있다. 집이 좁아도 그만이고 손님이 찾아오지 않아도 그만이며, 아무 데서나 쉬고 고개 들어 경관을 둘러보는 태도에는 세속의 질서와 가치를 벗어난 자의 자유로움이 있다. 도연명은 고향에 돌아와서, 한마디로 무엇에도 구애됨이 없이 제멋대로 할 수 있는 편안함과 자유로움을 얻은 것이다. 물론 그 편안함과 자유로움은 부귀와 벼슬과 안락함과 명예와 같은 세속적 가치들을 포기함으로써 얻을 수 있는 것이지만(또 그런 것들을 포기해도 여전히 고향에 많은 것들이 있어야 가능한 것이지만), 도연명의 「귀거래사」는 그것들의 참된 가치를 일깨워준다. 「귀거래사」는 귀향의 노래이면서 동시에 자유의 노래라고 할 수 있다.

마찬가지로, 『나라고 할 만한 것이 없다』도 시골 생활을 노래한 것이면서 동시에 자유를 노래한 것이라고 할 수 있다. 도연명이 고향에 돌아와서 얻은 이안(怡顔), 기오(寄傲), 이안(易安), 유게(流憩), 하관(遐觀) 등을 『나라고 할 만한 것이 없다』의 구석구석에서도 느낄 수 있다. 시집을 펼치면 맨 처음 나타나는 작품인 「즐거운 소라게」에서부터 이창기 식으로 추구되고 표현된 편안함과 자유로움을 만날 수 있다.

> 잘 다듬은 푸성귀를 소쿠리 가득 안은
> 막 시골 아낙이 된 아내가
> 쌀을 안치러 쪽문을 열고 들어간 뒤

청설모 한 마리
새로 만든 장독대 옆
계수나무 심을 자리까지 내려와
고개만 갸웃거리다
부리나케 숲으로 되돌아간다

늦도록 장터 한 구석을 지키다
한 걸음 앞서 돌아가는 흑염소처럼
조금은 당당하게,
제집 드나드는 재미에
갑자기 즐거워진 소라게처럼
조금은 쑥스럽게,

얼마 전에 새로 번지가 생긴 땅에
한 채의 집을 지은 나는
세 식구의 가장(家長)으로서
나의 하늘과
별과
구름과
시에게 이르노니

너희 마음대로
떴다 지고
흐르다 멈추고
왔다 가거라!

1연은 시골 생활의 한두 장면을 제시한다. 아내가 쌀 안 치러 들어간 뒤 청설모가 기웃거리는 그 정경은 평화롭다. 그리고 그 정경을 일러주는 시인의 음성에는 편안함과 만족감이 느껴진다. 2연은 새로 시작한 시골 생활에 대한 시인의 만족감을 좀더 직접적으로 알려준다. 자기 공간을 마련한 시인의 마음은 뿌듯하고 흥겹다. 흑염소와 소라게의 비유는 시인의 소박한 만족감이 어떤 것인지 환하게 알려준다. 그러나 제멋대로 편안할 수 있는 시인의 건방진 자유는 3연과 4연에서 가장 직설적이면서 생동감 있게 표현된다. 시인은 세 식구의 가장이 되었을 뿐 아니라 이제 스스로 세상의 중심이 되었다고 느낀다. 그는 자기 뜻대로 할 수 있을 것 같은, 자신만의 하늘과 별과 구름과 시를 얻었다고 느낀다. 그렇지만 그는 그 하늘과 별과 구름과 시에게 "너희 마음대로/떴다 지고/흐르다 멈추고/왔다 가거라!"고 자유를 준다. 아마도 그 자유는 시인이 하늘과 별과 구름과 시에게 주는 자유라기보다는 그것들 속에서 시인 스스로 가지게 된 자유일 것이다. 달리 말해, 4연의 너그러운 허락은 결국 자신의 초라하고 고달픈 인생에 대한 너그러운 포용일 것이며 거기서 얻게 되는 자유일 것이다. 그래서 4연은 '내 인생아, 너 마음대로 왔다 가거라!'는 뜻으로 읽히기도 한다.

시인이 시골 생활에서 얻은 편안함과 자유로움의 경지를 구체적 정황으로 보여주는 시들은 많다. 가령 「나의 아침 방귀에 당신의 신중한 하루가」라는 작품은, 자연 속에서 뭇 생명과 함께 살아가는 건강한 삶의 모습과 함께 시인이 얻은 마음의 자유를 개성적으로 보여주는 수작이다.

1연과 2연과 3연에서 시인은 이른 아침에 일어나 부지런한 농부가 되어 개똥도 치우고 텃밭도 둘러보고 호박 덩굴도 바로 하고 배추벌레도 잡는다. 근실한 농부의 하루를 진지하고 신중하게 시작하는 것이다. 그러나 배추벌레를 막 눌러 죽이려는 순간 느닷없이 방귀가 터져나온다. 그 순간 정일하고 신중했던 시골의 아침 들녘은 그만 초등학교 교실의 쉬는 시간처럼 소란스러워지고 만다.

> 슬그머니 허리를 펴는데
> 새벽 안개를 헤치며
> 서둘러 논둑길로 질러가는
> 시골 여학생 같은 보랏빛 나팔꽃이
> 잎 뒤에 얼굴을 가리고는 키득거립니다
>
> 시원했습니다만,
> 그러고 보니 나의 아침 방귀가
> 당신의 그 신중한 하루를
> 또다시 시끌벅적하게 만들었군요

독자들의 잔뜩 긴장한 마음을 무장 해제 시키고 저절로 편안한 웃음을 띠게 만드는 시다. 신중하고 진지한 태도로 하루를 잘 보내려고 긴장하고 있는데 뜻밖의 방귀로 분위기를 망쳤다는 장난스런 내용이다. 키득거리는 풀꽃들은, 선생님이나 어른들의 근엄함에 균열을 내며 터져나오는 천진난만한 아이들의 웃음을 연상시킨다. 그러나 이 시는 시인의 아침 방귀에 대해서 익살스럽게 노래하고 있는 듯하지만, 사실은 잠을 깬 아침 들녘의 싱싱한 생명력을 찬양하는 노래이다. 자연은 이치이기 이전에 기운이다. 즉 생명력이다. 그리고 소란스러움과 낙천성은 그 기운이 지닌 성질들이다. 시인의 방귀조차도 싱싱한 생명력의 자연스런 일부이며, 그러한 싱싱한 생명력은 소란스러울 수밖에 없고 또 그 속에 존재하는 모든 것들은 낙천적일 수밖에 없다. 이 시는 자연과 생명력과 소란스러움을 찬양하고 있다. 소박하면서도 다소 거칠고 소란스러우며 낙천적이고 편안한 삶이야말로 우리가 시골 생활에서 얻을 수 있는 매우 소중한 가치일 것이다.

신중함을 비웃듯 느닷없이 터져나오는 아침 방귀가 자연의 모습이며 생명력의 발현이라면, 때때로 찾아오는 일탈의 욕망 또한 그와 다르지 않다. 즉 아침 방귀도 시인의 의지 밖에 있는 생명 현상이듯이 시인의 바람기도 존재의 당연하고 자연스런 일부로 나타난다. 그것들은 왕성한 생명력을 지닌 건강한 존재의 필연적 욕망이다. 그러나 시인의 그런 욕망은, 아침 방귀가 아침의 신중함과 대립되듯이 일상의 질서와 대립되는 것이다. 「자전거 바퀴에 바람을」 같은 또 한 편의 해학적인 작품은 일상의 질서와 어긋날 수밖에 없는 자연적 욕망의 모습과 내적 갈등을 재치 있게 그려 보여준다.

한 사나흘 깊은 몸살을 앓다
며칠 참았던 담배를 사러
뒷마당에 쓰러져 있던 자전거를
겨우 일으켜 세운다

자전거 바퀴에 바람을 넣는데
웬 여인이 불쑥 나타나
양조 간장 한 병을 사오란다
깻잎 장아찌를 담가야 한다고

잘 있거라
처녀애들 젖가슴처럼
탱탱한 바퀴에 가뿐한 몸을 싣고
나는 재빠르게 모퉁이를 돌아선다

근데
이미 오래전에 한 사내를 소화시킨 듯한
저 여인은 누구인가
저 여인이 기억하는,
혹은 잊고 있는 나는 누구인가

짧고 단순하고 별 의미가 없는 듯한 작품이지만, 잘 들
여다보면 의외로 흥미로운 작품이다. 1연과 2연은 일상의
어떤 상황을 간략히 제시한다. 시인은 며칠 앓아 누웠다가
회복해서 자전거를 타고 담배를 사러 간다. 이때 아내는
간장을 한 병 사달라고 부탁을 한다. 도무지 시가 될 것 같
지 않은 상황이다. 그러나 모든 세목들은 서로 긴밀하게
연결되면서 선명한 비유적 의미로 재구성된다. 뒷마당에
쓰러져 있던 자전거는 곧 몸살을 앓던 시인에 대한 비유이
다. 그리고 며칠 참았던 담배란 곧 며칠 참았던 욕망이 된

다. 그러니까 쓰러져 있던 자전거를 일으켜 세운다는 것은 존재가 생명력을 회복한다는 것을 뜻하고, 참았던 담배를 사러 간다는 것은 억제되었던 욕망을 충족시키려 한다는 것을 뜻한다. 여기서 "자전거 바퀴에 바람을 넣는데"라는 구절도 이중의 의미를 띤다. 즉 그것은 바람기가 팽팽해졌음을 의미한다. 그러나 시인의 바람기와 외출은 아내와 생활에 의해서 방해를 받는다. 2연에서 웬 여인은 아내이며, 양조 간장과 깻잎 장아찌는 생활을 의미한다. 시인이 원하는 것은 "며칠 참았던 담배"인데, 아내가 원하는 것은 "양조 간장 한 병"이다. 담배와 간장은 그 비유적 의미에서 서로 대립된다. 시인의 마음은 걷잡을 수 없이 간장의 구속을 벗어나 담배로 향한다. 3연의 첫 행에서 시인은 과감하게 "잘 있거라"라고 말하고 또 마지막 행에서 "재빠르게 모퉁이를 돌아선다". 즉 아내와 생활의 공간으로부터 적극적으로 벗어나려는 모습을 보여준다. 시인의 존재는 "처녀애들 젖가슴"과 같은 것들에 대한 부푼 욕망으로 들떠 있다. 바람 잔뜩 든 자전거 바퀴는 바람기 탱탱한 시인의 마음이기도 하다. 아마도 시인은 간장 살 돈으로 막걸리라도 한잔 사 먹으며 그 마음을 달래야 할지도 모른다. 그렇지만 4연에서 보듯이 시인은 아내와 생활이라는 일상의 테두리를 벗어날 수 없다. 시인은 자전거를 타고 담배를 사러 가면서도 아내를 생각한다. 또 담배 사러 가는 사내와 간장 사러 가는 사내 가운데 누가 진짜 자기 모습인가에 대해서도 생각한다. 아내가 잘 알지 못하는 낯선 여인처럼 여겨지기도 하고, 간장 사러 가는 사람이 자기가 아닌 듯이 여겨지기도 한다. 그러나 반달과 보름달도 다 자연스런 달의 모습이듯이, 담배 사러 가는 사내도 간장 사러 가는 사내도 모두 시인의 자연스런 모습이다.

이처럼 「자전거 바퀴에 바람을」은 일탈적 성격을 지닌 자유에 대해서 긍정하는 태도를 보여준다. 때때로 존재의 근원으로부터 불어오는 바람과 같은 욕망들은 일상의 질서에 혼돈을 가져오지만 사실 그것은 느닷없이 터져나오는 아침 방귀처럼 자연스런 생명의 일부이다. 「옆길로 새기」 같은 작품도 옆길로 새는 마음이나 옆으로 가지를 뻗는 호박 덩굴이나 다 같은 자연스런 삶과 자연의 일부임을 보여준다. 이를 바탕으로 시인의 마음은 시골 들판의 풀이나 나무 그리고 물이나 구름처럼 편안하고 자유롭다. 시집 『나라고 할 만한 것이 없다』라는 언어의 어항에는 자유라는 이름의 물고기 한 마리가 한가하게 헤엄치고 있는 것 같다.

그러나 『나라고 할 만한 것이 없다』가 도통한 은자의 유유자적하는 편안함과 자유로움을 노래하는 것은 아니다. 또 자연적 삶을 낭만적으로 예찬하는 자의 노래도 아니다. 평범하고 가난한 시골 아저씨인 시인의 삶은 누추하고 상투적인 일상의 굴레에 매여 있다. 그래서 그 편안함과 자유로움과 낙천성에도 생활이라는 그림자가 있다. 사실 앞서 언급한 「자전거 바퀴에 바람을」이라는 작품에서도 이런 면이 암시되어 있다. 이창기의 시는 한편으로는 시골 생활에 자족하는 편안함과 자유로움을 노래하지만, 다른 한편으로는 생활이라는 그림자 속에 비치는 따뜻하면서도 서글픈 무늬들을 섬세하게 그려낸다. 이럴 경우 그의 시는 천진난만한 자유의 가벼움보다는, 함부로 까불다가 어른에게

혼이 나서 풀이 죽은 아이의 비애 같은 것을 드러낸다. 가령 「누가 나의 낮잠을 깨우는가」라는 작품은 일상 속에서 억압되어 있는 자유와 욕망이 문득 고개를 쳐들었을 때, 그리하여 생활이란 것이 자기에게서 뺏어간 것이 무엇인지를 새삼 알게 되었을 때 느끼는 비애감을 그리고 있다. 또 「세한도」에서는, 가난함은 시인으로 하여금 가장 노릇은 물론 사람 노릇도 하기 힘들게 만든다는 자괴감이 표현되어 있다. 시인이 지닌 삶의 태도는, 무릎을 펼 정도의 집이면 편하게 살 수 있다는 '용슬지안(容膝之安)'을 추구하는 것이라 할 수 있다. 그러나 생활은 시인에게 그러한 안빈(安貧)을 쉽게 허락하지 않는다. 「생활」이라는 시에 재치 있게 묘사되어 있듯이, 시인에게 생활이란 늘 함께 하면서도 낯설고 잘 알 수 없는 것이요 어쩔 줄 몰라 하는 것이다. 시인은 생활을 앞에 두고,

킁킁 냄새를 맡아본다
손가락으로 쿡쿡 찔러본다
발바닥으로 슬슬 문질러본다
물을 붓고 살짝 데친 뒤에
앞니로 잘근잘근 씹어본다
바람이 불거나 손님이 오면
잘 말아 콧구멍 속에 잠깐 넣어두거나
아예 척척 접어
벽장 이불 속 깊숙이 처박아둔다
외출을 할 때는
조심스럽게 아내의 이마에 붙여놓고

이리저리 돌려세워본다

또 "밤새 끌어안고 뒤척이다/아침이면 다시 꺼내/우물/
우물"거리는 것이 생활이다. 누구에게나 생활이란 고달픈
것이겠지만, 특히 가난한 가장에게 생활이란 안빈이 되기
어려운 것임을 시인은 절실하게 느끼고 있다. 그런데 「생
활」이라는 시는 생활의 난처함과 고달픔을 노래하고 있지
만, 그 가락에는 여전히 장난기와 웃음기가 남아 있다. 이
는 시인이 지닌 마음의 넉넉함과 따뜻함을 짐작케 한다.
마음의 따뜻함을 느낄 수 있는 작품은 여럿이지만, 특히
「지난 주말에 들르겠다던 친구를 기다리며」나 「손님」 같은
작품이 눈길을 끈다. 「손님」은, 박목월의 「가정」이란 작품
과 같이, 손님들이 붐비는 흥겨운 집 안의 분위기를 신발
을 빌려 그려낸다. 손님들이 다녀간 후의 추억도 제멋대로
벗어놓았던 신발들의 모습에 대한 기억으로 남는다. 그러
나 손님들이 떠나간 후에는 정적과 외로움이 찾아온다.

섬돌 위에는
자신들도 모르는 사이에 옮겨다 놓은
꽃가루 같은 낯선 흙먼지와
아내와 나, 그리고 아이가
벗어놓은 신발만
각각 남아 있다
고 잠시 생각하지만

거실 구석이나 현관 근처 어딘가에

그들이 미처 챙기지 못한
우산이나 손때 묻은 모자, 낡은 장갑 같은 것들이
숨은 그림처럼
마음 한 구석에 남아
한 계절 또는 한두 해씩 살고 있으니!

손님들이 돌아가고 난 뒤, 섬돌 위에는 이제 가족들의 신발밖에 없다. 시인은 거기서 손님들의 신발들이 남긴 흙먼지 같은 것들을 생각한다. 그 먼지 같은 것들은 마음에 남은 아쉬운 흔적 같은 것이기도 하다. 그러나 마음에 남은 흔적은 마지막 연에서 보다 강하게 제시된다. 손님이 남기고 간 하찮은 물건들이 오랫동안 집 안 이곳저곳에 굴러다니듯이, 그렇게 시인의 마음에는 손님들에 대한 추억이 좀처럼 사라지지 않고 머무는 것이다. 사람을 그리워하는 따뜻한 마음이 섬세하게 표현된 작품이다. 이런 여리고 따뜻한 마음씨들은 시집의 3부 '심경(心境)'에서 보다 잘 표현되고 있다. 시라는 것이 어떤 구체적 상황 속에서 어떤 순간에 체험한 마음의 일렁임을 언어로 포착해두는 것이라면, '심경(心境)'의 시편들은 바로 그 모범이 될 만하다. 특히 그것들은 마음의 어떤 일렁임을 언어로 잘 표현해내었을 뿐만 아니라 그 마음은 삶의 깊은 진실에 닿아 있는 것이다. 「나는 어쩌다 생겨나와」나 「내게 강 같은 평화」 같은 작품들은 별 의미랄 것도 없는 마음의 한 표정에 불과한 듯하지만, 그 표정에는 삶과 문학의 진실을 관통하는 중요한 그 무엇이 담겨 있다고 말할 수 있다. 그래서 그 마음의 표정을 가만히 들여다보고 있으면 정화된 삶의 비애가 전해져온다.

시집 『나라고 할 만한 것이 없다』는 시인의 시골 생활에 대해서 노래한다. 그러나 시인이 시에 담고자 하는 것은 시골 생활의 세시 풍속이나 경영이나 처세도 아니고 자연의 예찬도 아니다. 시인이 들여다보고 있는 것은 생활 자체라기보다는 자신의 마음이다. 시골 생활의 평범한 일화나 장면들을 무심하게 그리고 있는 듯이 보이는 시들도 알고 보면 그 자기 내면의 지도를 그린다. 다시 말해 시집 『나라고 할 만한 것이 없다』는 내면성이 강한 시집으로서, 내면적으로 탐구된 삶의 본질과 함께 삶을 대하는 내면의 아름다움을 보여주는 시집이다. 이 점은 지금까지의 논의에서 이미 드러났겠지만, 「겨우내 한 일」 한 편으로도 부족함이 없이 다시 확인할 수 있다. 「겨우내 한 일」은 시인의 겨우살이를 그린다. 1연에서 시인은 겨우내 한 일이라곤 우두커니 창밖을 내다보거나 문 앞의 눈을 치운 것뿐이라고 말한다. 이어서 2연부터는 아내와 아이가 외출하고 집을 혼자 지키는 시인의 모습이 그려진다. 빈집에서 시인은 "오래된 편지를 읽듯" 한가하고 막막한 기분으로 집 주위를 둘러본다. 어제 내린 눈이 있고, 새들이 왔다 갔다. 그런데 3연부터 분위기가 달라진다. 시인의 느긋한 마음은 어떤 이유로 갑자기 바빠진다.

> 라디오 주파수를 대충 맞추고
> 설거지나 하려고 일어서려는데
> 막 빈 가지를 출렁이며 내려앉은
> 어떤 새의 가쁜 숨소리가

울컥 코피를 쏟듯
가슴 왼쪽인가 오른쪽에서
사정없이 두근거렸습니다

누군가
혼자 있을 때 하는 짓을 엿보기라도 한 듯
황망히 시린 어깨를
낡은 외투 속에 밀어넣고
뒤뜰로 나가
김칫독을 열어보고
언 수도를 녹이고
칼을 갈고
장작도 팼습니다
한 번은
전화벨 소리에 허둥댔습니다

　혼자 있는 빈집의 한가함 속에서 갑자기 가슴이 두근거
리게 되고, 마음이 바빠진 이유는 무엇일까? 겨우내 한 일
이 아무것도 없었다는 사실이 새삼 시인의 의식을 건드렸
고, 그래서 시인은 무위도식하는 쓸모없는 삶을 살고 있다
고 자책하게 된 것으로 짐작할 수 있다. 시인이 갑자기 꼭
하지 않아도 될 일들을 서둘러 하고, 또 전화벨 소리에도
허둥대는 것은 자신이 인생을 허송하고 있다는 강박관념
때문일 것이다. 시인은 무엇인가 열심히 일을 하고 사람답
게 살아야 하는데 자기는 세월을 헛되이 보내고 있다는 강
박관념에 시달리고 있는 것이다. 마지막 연에서 시인은,

"빈집을 지키는 것만으로도/참 고단한 하루였습니다"라고 말한다. 이 마지막 구절의 일차적인 의미는, 꼭 하지 않아도 될 일에 매달려 괜히 허둥대고 힘들게 보낸 하루였다는 것이다. 그러나 이 구절은 별로 하는 일이 없어도 삶은 살기 어렵다는 뜻으로 이해되기도 하고, 또 욕심 없이 가난한 대로 사는 것조차 참 어려운 일이라는 의미가 되기도 한다. 그런가 하면, 시인에게 인생이란 결국 빈집 지키기와 같이 별로 할 일도 없고 허무한 것이기도 하지만 그것조차 고단하고 힘든 것이라는 의미도 된다. 아마도 '빈집을 지키는 고단함'은 삶의 보편적 진실에 대한 통찰로까지 그 의미가 확장될 수 있을 것 같다. 시인은 다른 시들에서 천진스런 편안함과 자유로움을 자주 보여주지만, 그 편안함과 자유로움의 뒷면에 이런 빈집을 지키는 고단함 혹은 생활의 그림자가 있어 서로 긴장을 유지함으로써 그 진실성과 건강성을 확보할 수 있을 것이다.

『나라고 할 만한 것이 없다』는, 문학성과 인간성이 쇠퇴해가는 최근의 우리 시단에서, 문학과 인간의 냄새를 강하게 풍기며 시의 정통적 아우라와 아름다움을 보여주는 반가운 시집이라고 말하고 싶다. ▨